To my daughter

幸せに満ちた
人生を送ってもらうために
伝えたいこと

HATANO
Yuriko

波多野有理子

文芸社

目次／CONTENTS

娘へ

私は優しくて明るい母に育てられました。

記憶に残る限りでは　叱られたことは

一度もなかったように思います。

自分が母になって初めてわかりました。

いかに自分が　母にしてほしいことばかり言って甘えてきたか。

母の愛情を受けたおかげで

何に対しても　コンプレックスを一度も持つことなく

自分らしくのびのびと生きることができました。

私は自分の娘に対して

そういう母親でありたいと強く願います。

娘には　女の子であっても強く賢くなければ

周りの人に優しくなれないと

教えてきました。

本書は　そういう私が日々気づいたことをまとめてみたものです。

To my daughter

My mother was a kind and cheerful person.

As I recall she never scolded me.

I understood for the first time

how much I depended on her

when I became a mother myself.

And all because of my mother's love,

I always felt empowered and was able to live my life

as I am to the fullest.

I sincerely hope

that I am such a mother to my daughter.

I taught my daughter to be strong and wise

so we can be kind to others.

This book contains such thoughts

that I have been sharing with my daughter.

娘の結婚式のブーケ／My daughter's wedding bouquet

1 心のもちよう

How you look at things

人の悪口、噂話は
一切口に出してはいけません。

Never speak ill of others nor gossip.

自分と接することで　相手が明るくなり
元気になってもらいたいと願います。

Let's lighten the hearts of the people we meet.

そのためには　自分自身が健やかで明るく
恵まれた生活を送るようにすることが大切です。

To do so, we ourselves must live a good and happy life.

お風呂に新しくお湯を入れる時、
天然塩をお風呂にまきながら
家族ひとりひとりの名前を言って
神様にお導き感謝を願うこと。
そうすると自分の心がとても落ち着きます。

Sprinkle some natural salt while drawing a bath,
call out the name of each person in your family
and pray for God's guidance with gratitude.
It will make you feel very peaceful.

慌てず　パニックにならず
いつも落ち着いて　事に当たるようにしましょう。

Don't panic, you must always stay calm and serene.

運転は急いでいる時ほど　いつもの道を行くこと。
近道を探すと　かえって時間がかかるものです。

When you are in a hurry driving,
make sure you take the usual road.
It will only take longer if you try to find a shortcut.

やりたいと思ったことは　しっかりやってみること。
人生には何度か"頑張り時"というものがあるものです。

Pursue whatever it is you want to do.
There are times in life when you need to give your all.

その時　すぐにいい結果が出なくても
それがいい経験となって
のちのち自分を助けてくれます。

Although it may not seem
a great achievement at the time, the experience
will help you immensely later on in life.

イメージ画／Image painting

小学生の頃から　なぜかいつも頭の中に
自然に浮かぶ光景があります。
広い道の左右に　緑の木々や花が咲いていて
道の真ん中を自分が歩くと
大きなお日様が真上から照らしてくださっていて
自分自身もそういう人生を歩んでいくような気がしました。

Since my childhood,

there is an image that often comes to mind naturally:

I am walking in the middle of a wide path

with trees and flowers on both sides and a large

sun shines warmly above me as I walk through.

I felt that my life would go on like this.

人の噂話を口に出すと
のちのち自分の気持ちが悪くなります。

Gossiping about others makes us feel bad afterwards.

どんな時も　頭で考えるよりも
自分の直感に従って行動するほうが良いものです。

In any situation, make decisions and take actions based on
your intuition rather than deliberate thinking.

人柄は
言葉の端々に出てくるものなので
言葉を選んで話すこと。

Choose your words wisely when you speak,
for words simply reveal your personality.

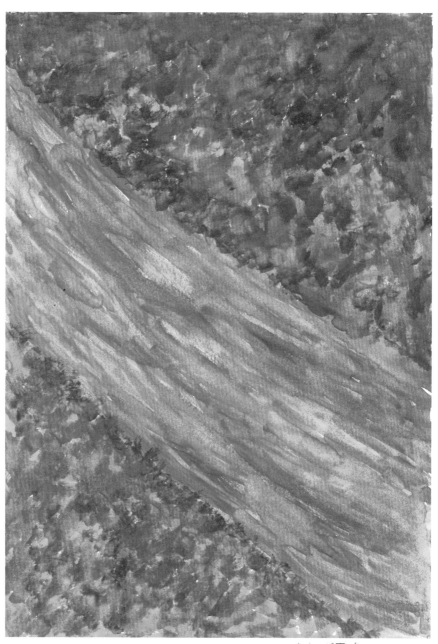

イメージ画／Image painting

目の前を流れる
なみなみとした大きな川の流れに乗って
自然に　やっていけば、
人生は良いふうに回ると信じます。

Go with the flow on the mighty river running before you,
then your life will spontaneously take a natural turn for the
better.

ありのままのあなたで
目の前の流れに乗っていけば
素晴らしい人生を送れます。

So long as you are true to yourself and harmonized with
the flow, your life will be wonderful.

未来の予定、願い事を紙に書いて貼っておくと
実現することが多いものです。

自分が望んだことを紙に書いて貼っておくと
実現しやすいものです。

If you write down your hopes and plans on
a piece of paper and put them on the wall,
they will most likely come true.

Make a wish, write it down and put it on
the wall. It will come true.

相手にマイナスになること、噂など
一切　口に出さないこと。

Never gossip or say things that may harm others.

人の話を聞いていれば　その人となりが　よくわかるものです。

You will know a person's character by listening to what he or she says.

お香合（著者の母親作）／Incense case made by my mother

一度言葉を発してしまえば
人間関係は二度とは元には戻らないものだから
自分の言葉使いには十分注意すること。

Once spoken words cannot be taken back.
A trust once lost in a relationship is hard to regain.
We must take extra care in our choice of words.

ハーブの花束

自分の周りにいる人を大切にすること。
その心掛けがあなたの幸せにつながります。

Cherish the people around you.

That will lead you to true happiness.

周りから好意を持たれていること。
愛されていること。
それが結局あなたの幸せにつながります。

You will be happy

if you are loved by the people around you.

自分自身が豊かで恵まれていないと
他人に何も分け与えられません。

We cannot share our blessings with others unless
we ourselves are blessed.

2 住まい・インテリア

Home and interior

家の中を綺麗に見せるためには
ガラスやステンレス（台所の水栓など）を
いつもピカピカに磨いておくこと。

To make your house look beautiful,
keep your windows and kitchen spotless,
so that they always sparkle and shine.

庭にいつも何種類もの鳥が飛んできます。

その風景を眺めていると

なぜか　幸運を運んできてくれるように感じるものです。

Several kinds of birds visit my garden often.

When I see them, it feels as if they are bringing me good luck.

家を建てる時は　お日様と緑と水が大事です。

The sun, greenery and water are very important factors when building a home.

一か月に一度くらい　家の周りの四隅に盛り塩をして
土地や家の神様にお礼を申し上げること。

Once a month, place a small pile of salt at the four corners of your house and thank the gods of the land and the home.

自分の身の周りには
小さくてもいいので
いつも花を飾ると心が豊かになります。

Always decorate your room with flowers,
no matter how small, for the blooms
will enrich your heart.

3 趣味・暮らし

Hobbies and lifestyle

本をなるべくたくさん読むこと。
ジャンルを問わず　いろいろな本を読み
先人の考え方を学びましょう。

Read books as much as possible.
Read across many genres and learn the wisdom
and ways of thinking of ages past.

何でも経験しようと思うこと。
（後になって得たものに気づくはず）

Always be eager to try something new.
　(You will realize how much you gained from it afterwards.)

身の回りに心地よい音色のオルゴールを。
一日に何度も聴くと
魂や脳が気持ちよくなります。

Keep a music box with a peaceful sound close by.
It will soothe your soul and mind
if you listen to it several times a day.

楽器でも、絵でも良いのです。
" 一生の趣味 " を見つけることで日々が豊かになります。

Whether it is playing an instrument or painting,
find a lifelong hobby to enrich your life.

子供は褒めて育てることが大切です。

It is very important to praise and encourage your child.

郵 便 は が き

料金受取人払郵便

新宿局承認

2524

差出有効期間
2025年3月
31日まで

（切手不要）

160-8791

141

東京都新宿区新宿1－10－1

(株)文芸社

　　　　愛読者カード係 行

|||||||||||||||||||||||||||||||||||||||||||||||||||||||

ふりがな お名前		明治　大正 昭和　平成	年生　　歳
ふりがな ご住所	□□□-□□□□	性別 男・女	
お電話 番　号	（書籍ご注文の際に必要です）	ご職業	
E-mail			

ご購読雑誌（複数可）	ご購読新聞
	新聞

最近読んでおもしろかった本や今後、とりあげてほしいテーマをお教えください。

ご自分の研究成果や経験、お考え等を出版してみたいというお気持ちはありますか。

ある　　　ない　　　内容・テーマ（　　　　　　　　　　　　　　　）

現在完成した作品をお持ちですか。

ある　　　ない　　　ジャンル・原稿量（　　　　　　　　　　　　　）

書　名							
お買上 書　店	都道 府県	市区 郡	書店名				書店
			ご購入日	年	月	日	

本書をどこでお知りになりましたか?
　1.書店店頭　2.知人にすすめられて　3.インターネット(サイト名　　　　　　)
　4.DMハガキ　5.広告、記事を見て(新聞、雑誌名　　　　　　　　　　　　　)

上の質問に関連して、ご購入の決め手となったのは?
　1.タイトル　2.著者　3.内容　4.カバーデザイン　5.帯
　その他ご自由にお書きください。
　(　　　　　　　　　　　　　　　　　　　　　　　　　　　　　　　　　)

本書についてのご意見、ご感想をお聞かせください。
①内容について

②カバー、タイトル、帯について

弊社Webサイトからもご意見、ご感想をお寄せいただけます。

ご協力ありがとうございました。
※お寄せいただいたご意見、ご感想は新聞広告等で匿名にて使わせていただくことがあります。
※お客様の個人情報は、小社からの連絡のみに使用します。社外に提供することは一切ありません。

■書籍のご注文は、お近くの書店または、ブックサービス(☎0120-29-9625)、
　セブンネットショッピング(http://7net.omni7.jp/)にお申し込み下さい。

ピアスをつける時は
洗面台のシンクにティッシュを一枚敷いて
落ちるのを防ぐとよいでしょう。

When putting on earrings,
put a piece of tissue in the sink
to prevent them from falling.

子供が間違ったことをした時は
注意をするが
愛情をいっぱい注ぐこと。
人生は楽しいものと思わせることが大事です。

Scold your child when they do something wrong,
but also shower them with affection.
Make them feel that life is enjoyable.

ご飯を新しく炊いた時は
炊きたてをお茶碗に軽くよそって
ご先祖様にお水とともにさしあげること。

When cooking rice,
offer a bowl of freshly cooked rice
together with a glass of water to your ancestor.

およばれした時のお礼は
早いほど感謝の気持ちを伝えやすいので
いつもそう心掛けましょう。
（手作りの贈り物は特に効果的）

It is always sooner the better to show your gratitude
after being invited to someone's home.
　(Handmade gifts will be especially appreciated.)

孫の作ったケーキ／A cake made by my granddaughter

いつも　どんな時も
身綺麗でいるようにすること。

Keep your appearance neat and clean at any time.

人の印象の60〜70％は髪型で決まります。

About 60 to 70 percent of impressions are determined
by a person's hairstyle.

生涯を通じて運動する習慣をつけると
心身ともにバランスよく健やかになれます。

If you have a lifelong habit of exercising,
it will keep your mind and body healthy.

リボンサラダ／Ribbon salad

4　人間関係

Human relationships

美味しい食べ物をいただいたら　少しだけ手元に残して
できるだけ新鮮なうちに人にさしあげましょう。

When presented with delicious food,
set aside a little for yourself
and share the rest with others while it's fresh.

ホスト側が立たずに
会話を楽しめる食卓
（前菜〜ミートローフ）

A dining table setting that
means the host can enjoy
the conversation without
having to leave the table.
(From appetizer
to meatloaf.)

人にはいつも変わらず親切で誠実でいること。
人がしてくださることはなんでも
良いふうに受け取ること。

Always be kind and sincere to others.
Whatever someone does for you,
take it in a good, positive way.

人に頼まれたら　できるだけ助けてあげること。
（どこまで助けてあげるか、
心の中で境界線を引くのは構いません）

If someone asks you for assistance, try your best to help.
　(It is all right to decide in your heart just how far you will help.)

他人について誰かに尋ねられた時は
直接そのまま伝えずに、自分を通して
もっと好意が持てる話に変えなさい。

If someone asks you about another person,
instead of simply telling them, be sure to add a little
something to give an even more favorable impression.

いつも人を喜ばせたり楽しませたりして　好意を示すこと。
人のためにした行為が　自分を勇気づけてくれるものです。

Always try to gladden and bring happiness to others
by showing your warm feelings.
What you do for others will give you strength.

自分の周りの仲良しの人同士を紹介して
その人たちが自分を外して親しくなることは
たまにあることです。
でもそれは人として正しい道ではありません。
自分もその友人達も等しく皆仲良しであるべきです。

There are times when you introduce a good friend
to another good friend and then they get close without you.
But that is not the way things should be.
You and your friends should equally be close with each
other.

小さくてもいいので
心のこもったプレゼントをさしあげましょう。

However small, give a heartfelt gift.

菊／chrysanthemum

花束／bouquet

落し文／letter

人に誘っていただいたり
食事をご一緒させていただいた時は
なるべく早くお礼のメール、カード、手紙などを出しましょう。

When someone has asked you out
or invited you for a meal,
always be quick to send a thank you email, card or letter.

お礼のしかた

1）月謝やお礼のために日頃から一万円札や千円札を揃えておくこと。

2）封筒は白の小さめの物を買っておくこと。

3）会費を納める時も封筒にあらかじめ入れておくこと。

お礼の言葉

A ご満足いただけますような　お礼もさしあげることができず
　大変恐縮に存じております。

B 今後ともご指導いただけますよう
　どうぞよろしくお願い申しあげます。

C お力になれず恐縮ですが。

D 大変残念ですが　今回は見送らせていただきたいと思います。

E お骨折りいただいたおかげで
　良いものができそうで嬉しく思います。

F いつもいつもお力をあてにしてしまって申し訳ございません。
　御身お大切になさってください。
　どうぞお身体おいといください。

著者プロフィール

波多野 有理子 (はたの ゆりこ)

1949年生まれ。東京都在住。
1998～1990年、夫の転勤に伴い、米国ワシントン D.C. に駐在。
2000～2002年、香港駐在。
2002～2005年、懐石料理教室主宰。
2006～2009年、駐アラブ首長国連邦日本国特命全権大使夫人。
駐在のほかにオーストラリア、イギリス、中国、シンガポールでの短期
駐在生活を通し、幅広い各国の生活を経験。ロンドンでは世界的に有名
なフラワーアレンジメントの学校に短期留学。
1997年より Y's dream 教室を主宰。

Born 1949. Lives in Tokyo.
Lived in Washington D.C. due to her husband's oversea posting from
1988-1990.
Lived in Hong Kong from 2000-2002.
Hosted Kaiseki-ryori (a traditional Japanese multi-course cuisine)
classes from 2002-2005.
Lived in the United Arab Emirates as wife of the Japanese Ambassador
from 2006-2009.
She also stayed in Australia, the UK, China, and Singapore
experiencing a wide range of culture and lifestyle. She attended a
world-renowned flower arrangement school in London.
Host of Y's dream Institution since 1997.

Translation／KAWAKAMI Mieko

To my daughter 幸せに満ちた人生を送ってもらうために伝えたいこと

2023年12月15日　初版第 1 刷発行

著　者　　波多野 有理子
発行者　　瓜谷 綱延
発行所　　株式会社文芸社
　　　　　〒160-0022 東京都新宿区新宿1 - 10 - 1
　　　　　　　　電話 03-5369-3060（代表）
　　　　　　　　　　 03-5369-2299（販売）

印刷所　　図書印刷株式会社